VICTOR PUJO & FRANÇOIS LACREU

RÊVES BLEUS

FANTAISIES POÉTIQUES

PARIS

E. DENTU, LIBRAIRE-ÉDITEUR

Galerie d'Orléans, 17, et Palais-Royal, 19

1878

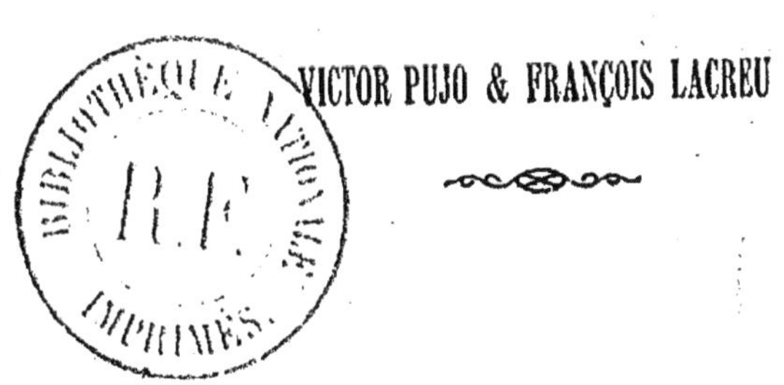

VICTOR PUJO & FRANÇOIS LACREU

RÊVES BLEUS

FANTAISIES POÉTIQUES

PARIS

E. DENTU, LIBRAIRE-ÉDITEUR

Galerie d'Orléans, 17, et Palais-Royal, 19

1878

Ces rèves n'ont aucune ambition.

Leurs petites ailes d'azur ne sauraient aller dans les sphères de la littérature militante.

La grande lumière les effarouche.

Leurs auteurs sont très-jeunes.

Cela ne veut pas dire qu'ils réclament la moindre indulgence : Ils n'ont point d'illusion sur le mérite de cette plaquette.

Ils n'ont absolument aucune prétention à devenir quoi que ce soit dans la république des Lettres.

Les triomphes des vrais poëtes et les demi-succès des simples versificateurs, ne leur ont jamais donné l'envie de posséder la renommée des uns ou les palmes des autres.

Ce qu'ils veulent simplement, c'est que ces feuillets soient un souvenir de plus pour leurs amis.

SI TU VEUX M'AIMER

A Théodore de Banville.

Je te donnerai dans douze corbeilles
De nacre bleuie aux anses d'argent,
Où sont dessinés colibris, abeilles,
Fleurs et lacs d'azur au reflet changeant,

Je te donnerai cent colliers d'ivoire
Et sculptés par les plus fins ciseleurs;
J'y ferai graver des vers à ta gloire,
J'y ferai sertir étoiles et fleurs.

Je te donnerai des bijoux d'Almées,
Topazes, saphirs cent ans travaillés
En boucles, anneaux, bracelets, camées,
Coffrets de santal, écrins émaillés.

Je te donnerai douze schalls de soie
Tissus à Mysore, à Madras brodés;
Leur frange de pourpre au soleil flamboie,
D'émeraude et d'or ils sont tout ondés.

Je te donnerai douze tourterelles
Au collier d'ébène, au bec rose et fin,
Pour te caresser de leurs blanches ailes
Et boire à ta bouche un baiser divin.

Je te donnerai mon beau diadême
Et tu règneras seule sur ma cour,
Si tu veux m'aimer autant que je t'aime
Et rester fidèle à ton vœu d'amour.

SI J'ÉTAIS SULTAN

A Robert de la Villehervé.

Si j'étais né Sultan, j'aurais dans mon sérail
Un salon embaumé de parfums de Médine,
Un bassin de topaze et d'or pour mon Ondine,
Fatime aux lèvres de corail ;

Un narghilé d'agate aux sculptures bizarres,
Serti de longs croissants d'argent et de rubis,
Emaillé de lotus festonnant des cythares,
Long comme le cou de l'Ibis.

Un eunuque d'ébène, enfant de la Nubie,
Aux dents blanches, aux yeux ardents, vêtu de blanc,
Agitant l'éventail de plumes d'Arabie,
Près de moi s'asseoirait tremblant.

Nonchalamment couché sur un sofa de Perse,
Je suivrais le jet d'eau de cristal dans les airs,
Et sur les tapis bleus, le clair rayon que verse,
Le soleil brûlant des déserts.

Et quand je baillerais aux fresques, aux camées,
Aux lourds magots de bronze, aux meubles de santal,
En gazes, je ferais danser à mes Almées
Quelque ballet oriental.

Quand je serais bien las d'écouter la musique,
De voir tourbillonner ces corps à moitié nus,
J'aurais dans le sommeil du haschich extatique
Mille délices inconnus...

Et lorsque fatigué de toutes ces ivresses,
D'enlacer dans mes bras des bras souples et beaux,
J'aurais fait ramener harpistes et maitresses
A la lumière des flambeaux,

Avec mon grand Vizir, homme aux manières sèches,
Jusqu'à minuit sonné, soucieux potentat,
La main sous le menton, je lirais les dépêches
Et les ordonnances d'État.

Puis, dans le pavillon, auprès de ma sultane,
Perdu dans les parfums d'un paradis rêvé,
J'épellerais pour Elle, en un français profane,
Les beaux vers de la Villehervé.

FRISSON

A Jean Lacreu.

Vive le printemps tiède au soleil amoureux !
Il fait bon à l'air pur et vif empli d'arômes;
On se plait dans ce bain subtil et généreux
Qui fait battre le cœur des oiseaux et des hommes.

Vive l'été chargeant de rayons les vieux chaumes !
Les midis de juillet si chauds, si langoureux...
— Je redoute l'hiver, ses nuits et ses fantômes
Se plaignant dans le vent glacé des chemins creux.

Je redoute l'hiver aux pâles matinées
Où l'on voit sur les toits fumer les cheminées
Et la neige briller sur les trottoirs étroits...

L'automné mêmement me déplait et me lasse;
J'éprouve en le voyant le frisson qui me glace
Quand je me mets au lit et que les draps sont froids.

LA FLEUR AILÉE

ODELETTE JAPONAISE

A M. Emmanuel des Essarts.

Tsi... *tsi*... dans les feuilles du Thé
Chante, pleine de volupté,
Une fleur qui porte des ailes;
Mais quand on avance la main
Pour la saisir en son chemin
Comme font quelques demoiselles,
La fleur se change en étincelles.

Plus d'une a pour ses blonds cheveux
Appelé l'oiseau de ses vœux
Sous les kamellias de flammes,
Et dans les kiosques ombreux
Où les vases de fleurs nombreux
Font doucement rêver les dames
Sous l'éventail des oriflammes.

Là, sur un feuillage choisi,
L'oiseau-fleur est bientôt saisi
Par ces rêveuses éternelles.
On le couvre d'un fin réseau;
Mais soudain le mignon oiseau,
Chantant et déployant ses ailes,
Brûle leurs cœurs et leurs prunelles.

Or cet oiseau-fleur c'est l'amour.
Dans l'Idéal est son séjour;
Et quand sur terre on le réclame,
Attrayant comme le plaisir,
Il laisse à qui veut le saisir,
— Mystérieuse et douce flamme, —
Du feu dans les doigts et dans l'âme !

MYSTÈRES DU SOIR

A Léon Dierx.

A travers la croisée ouverte et solitaire
Que baignent de parfums les roses du parterre,
S'envolent vers les bois aux sonores échos,
Comme un gazouillement de feuilles et d'oiseaux,
Comme un frémissement d'ailes dans le mystère,
Les chants suaves de l'âme des pianos.

Dans le salon où l'ombre attiédie est entrée,
Le phalène bat l'air de son aile nacrée,
Comme un petit navire égaré sur les flots;
De doux chuchotements vagues et frais éclos
Mêlés à des senteurs de la fleur enivrée,
Bercent l'âme perdue en des rêves nouveaux.

Dans l'air splendidement illuminé d'étoiles
Il semble doucement qu'on voit flotter les voiles
Des Esprits que la Nuit au Soleil a rendus :
Brises pures, esprits de l'azur descendus,
Ames de fleurs, d'oiseaux qu'à nos regards tu voiles,
Infini dans lequel nous nous trouvons perdus.

Et dans l'ombre du soir de silence amoureuse,
Le chant du piano berce l'âme rêveuse;
Alors le cœur lassé de paix est tout empli,
Il s'ouvre devant nous la porte de l'oubli,
Et le front effleuré par l'aile harmonieuse
De la douleur enfin sent s'effacer le pli...

SIMPLE ESQUISSE.

A Mlle L......

Le soleil de deux heures de l'après-midi invitait les indolents espagnols à faire la sieste habituelle.

C'est ce que faisaient les hôtes d'une riante villa blottie, non loin de Barcelone, dans des bosquets pleins de fraicheur.

En quittant la grande route de Barcelone à Figueras, on arrivait à ce site charmant par une longue avenue bordée d'orangers. Ces arbres, dont les fruits étaient en pleine maturité, répandaient des senteurs pénétrantes, et leur ombrage faisait oublier les fatigues et la chaleur incommodante du grand chemin.

Au bout de l'allée verdoyante, s'apercevait l'habitation dont l'aspect réjouissait le regard, et semblait inviter le passant à venir savourer un moment de repos dans une hospitalité généreusement offerte.

Voilà pourquoi je poussai une porte entrebaillée et en franchis le seuil sans aucune appréhension.

Le silence de cette demeure n'était troublé que par le vague bruissement des feuilles dans les bosquets et le gazouillement de deux canaris aux plumes d'or qui furent assez surpris d'apercevoir un visiteur à cette heure de la journée, heure du *far niente* aussi Espagnol qu'Italien.

L'appartement dans lequel je me trouvais paraissait être un petit salon où se réunissait la famille pour prendre ses repas.

Désirant me présenter aux habitants de ce séjour gracieux, je me décidai à gravir les huit marches qui me menèrent au premier étage. Personne ne répondit à deux ou trois petits *toc-toc.*

Devant moi se trouvait une porte vitrée ; je m'y arrêtai silencieux en entendant le bruit confus d'une conversation à voix basse.

J'allais me retirer craignant de troubler cet entretien quasi-mystérieux, quand le démon de la curiosité me souffla une indiscrétion dans l'oreille. Le premier bon mouvement fut vite réprimé, et j'essayai de voir ce qui se passait dans ce salon. Un des coins du rideau de la porte vitrée étant levé, je pus tout à mon aise commettre le susdit délit d'indiscrétion.

Le spectacle que j'eus sous les yeux était si beau, si ravissant, que l'admiration me cloua sur place. J'eus comme un éblouissement, et je jetai même un petit cri exclamatif qui faillit faire s'évanouir le tableau délicieux. Sur un sopha, une jeune fille était à demi couchée ; à ses pieds un jeune hidalgo à genoux semblait plongé dans des voluptés infinies. Ses lèvres baisaient les petites mains blanches et potelées que lui abandonnait la belle rêveuse. Leurs regards, où l'on pouvait saisir comme un reflet de leurs âmes, s'enivraient éperdûment confondus. Le jeune amoureux murmurait des mots que je ne pouvais entendre, mais que la jeune fille écoutait en souriant, ce qui laissait voir de petites perles blanches dont les jolies femmes font une de leurs coquetteries.

Sa peau brune et veloutée, ses yeux grands et noirs, sa taille fine et bien prise, sa robe un peu entr'ouverte faisant deviner et désirer des trésors sans prix, un tout petit pied pouvant tenir dans la main ; enfin tous ces charmes réunis faisaient de cette divine créature une de ces andalouses que chantent les poëtes et que tout le monde adore parce qu'elles sont adorables.

Devant ce bonheur aussi pur, devant cette exubérance de beauté et de jeunesse, je ne voulus pas insister : ma présence aurait pu troubler ce beau coin du ciel bleu de l'amour.

Après avoir jeté un dernier regard d'admiration enthousiaste sur ce couple si beau, si jeune et si adorablement uni, je redescendis dans l'allée et repris mon chemin malgré la chaleur et la poussière.

LA SIESTE

A Auguste Cayrol.

Ils causent. Auprès d'eux et sur la table ronde
De bois de palissandre aux pieds sculptés et fins,
Fume le café noir dans la tasse profonde
Dominant un Surtout d'ivoire aux blancs dauphins.

Un cocotier géant étendant ses ramures
Et balançant sur eux les vanilliers tordus,
Evente leurs fronts bruns et par de doux murmures
Berce leurs cœurs ailés dans les rêves perdus.

Elle, les yeux baissés et dans la chaise longue
Qui fait dormir si bien avec son bercement,
Tend à son perroquet jaseur une *jamlongue*,
Ou remet sa sandale oubliée un moment.

Lui, les cheveux bouclés, la paupière mi-close,
Un cigare à la main et le gilet ouvert,
Semble s'être égaré dans un ciel tout de rose,
Ou rêvant avec Elle au fond d'un bosquet vert.

Ils respirent par tous leurs pores la paresse
Du créole amoureux du *far niente* charmant ;
Ils ne r'ouvrent les yeux que lorsqu'une négresse
Trouble de son caquet leur long enivrement.

LE MANDARIN

BALLADE CHINOISE

Au Capitaine Ogier d'Ivry.

Assis dans son palanquin,
Le mandarin de Nan-Kin
Rentre aujourd'hui de Pé-Kin,
Assis dans son palanquin.

On dirait un Barberousse,
Avec sa moustache rousse
Et son teint de pamplemousse,
On dirait un Barberousse.

Sur son grand chapeau pimpant,
Ce chevalier du Serpent
Porte des plumes de paon
Sur son grand chapeau pimpant.

Sur la porte des boutiques
Cent mille regards obliques
Lui font les honneurs civiques,
Sur la porte des boutiques.

La trompette et le tam-tam
Font un vacarme au quidam
A fendre le macadam,
La trompette et le tam-tam.

Les porteurs perdent haleine :
On dépose Sa Bedaine
A l'*Hôtel de la Baleine*,
Les porteurs perdent haleine.

Vite, une tasse de thé
Au nom de Sa Majesté,
Pour le soin de Sa Santé,
Vite, une tasse de thé.

— « Hôtelier, pour la dépense,
Du carcan on vous dispense ;
C'est là votre récompense,
Hôtelier, pour la dépense. »

Assis dans son palanquin,
Le mandarin de Nan-Kin
Rentre aujourd'hui de Pé-Kin,
Assis dans son palanquin.

CORINE

Corine est son nom. Elle a de grands yeux
Noirs et festonnés de longs cils soyeux;
Des cheveux de jais aux mignonnes tresses,
Fraises à cueillir, des lèvres traîtresses
Au sourire un peu moqueur et joyeux
Comme celui des folles mulatresses.

Son pagne est de soie et son peigne d'or.
Son collier, venu de San-Salvador,
Coûte à son amant au moins mille piastres.
Son anneau, brillant comme les beaux astres,
Plongea tout-à-coup le jeune Mondor
Prodigue dans le plus grand des désastres.

Comme sont de miel les jolis *rindous*, (1)
Ses bracelets sont diamants indous
Incrustés d'onyx, sertis d'améthystes
Par un de nos plus célèbres artistes.
Ses babouches du velours le plus doux
Portent des bouquets de fleurs fantaisistes.

Derrière le store assise, elle attend
Les frais sorbets dans le cristal tintant :
Son éventail, fait de plumes d'autruche,
Amuse en frolant la verte perruche
Dont le bec mignon vers Elle se tend
Comme vers le doux nectar d'une ruche.

(1) Poésie indoue.

Sa villa, petit éden plein de fleurs,
Se niche auprès des bengalis siffleurs,
A l'ombre des grands palmiers magnifiques
Caressés par les brises pacifiques,
Au bord d'un lac dont les flots cajoleurs
Chantent ainsi que des luths séraphiques.

Dans son palanquin d'ébène sculpté
Elle sort après avoir pris le thé,
Pour rêver parmi les charmilles vertes,
Faisant arrêter aux moindres alertes,
Ou grondant les Noirs dont le pas hâté
Veut fuir trop tôt les savanes désertes.

Corine est son nom. Son pays natal,
Éclairé par le ciel oriental
Qui mûrit la canne et la pamplemousse,
Est celui des nids de soie et de mousse,
Des parfums divins des fleurs de santal,
Des flots azurés qu'aucun roc n'émousse.

FANTAISIE

A José-Maria de Heredia.

J'aurais une villa sur le bord de la mer,
Avec des pavillons chinois et des persiennes
Où s'enrouleraient des plantes aériennes;
Un balcon en corbeille où le feuillage vert

Ferait de l'ombre ainsi qu'aux charmilles indiennes;
Un tout petit salon où le store entr'ouvert
Montrerait un bouquet de fleurs paradisiennes
Auprès d'un piano charmant le rêve amer.

Un parterre unirait le jasmin à la rose.
Pour *Elle*, un pliant tendre au rustique décor
Près d'un perchoir d'ébène où la perruche cause.

— Nous laisserions dormir nos jours d'azur et d'or
Comme en Chine un bateau d'écaille qui s'endort
Sur une mer de nacre et de lumière rose.

SUR LA PLAGE

FRAGMENT

... Michelet et Autran m'avaient enthousiasmé. La mer était devenue mon rêve de prédilection. Bien des fois je l'avais vue, mais jamais je n'avais eu la pensée de la contempler avec les yeux de l'âme; ses voluptés sauvages m'étaient inconnues.

Je partis donc pour la Méditerranée en passant par la petite ville de C... située à quelques lieues de mon habitation. La ligne du chemin de fer d'Espagne y conduit. A la sortie d'un tunel on entend appeler la station. Je descendis. Le train s'arrêta quelques secondes, puis reprit vers la Catalogne sa course vertigineuse.

Le chemin qui conduit à la ville de C... est encaissé entre deux hautes montagnes desquelles des blocs immenses menacent de se détacher.

Une porte de guerre munie d'un corps-de-garde vide s'offrit bientôt à moi. N'étant pas curieux de visiter la ville, je pris le chemin d'une petite anse pittoresque que j'avais aperçue en chemin de fer. Des rochers élevés d'où on jouissait du panorama de la mer, m'amenèrent enfin sur la plage. Je foulai bientôt un sable fin mêlé de cailloux. Fatigué de ma petite course, je m'assis à l'ombre d'une barque tirée sur le rivage. Là, j'admirai tout à mon aise le magnifique spectacle que j'avais sous les yeux. Pas un souffle d'air n'agitait la surface des flots; quelques bateaux de voyageurs naviguaient à force de rames; la toile ne prenait pas le vent; elle retombait le long du mat et me rappelait par son inertie mes heures de lassitude. Poussées par de vigoureux rameurs, les embarcations eurent cependant bientôt dépassé le cap formé par la montagne voisine et disparu à mes regards. Je ne vis alors devant moi qu'une plaine liquide incommensurable que rasaient du bout de l'aile des hirondelles au gazouillement joyeux et printanier.

Je rêvai longtemps. J'ignore même le temps que restai plongé dans mes poétiques méditations. J'en fus brusquement tiré par une vague indiscrète qui vint me donner un humide baiser ! Ce baiser, tout amer qu'il était, me tira de ma somnolence et me fit éprouver une délicieuse sensation de bien-être.

Une brise légère venant de terre souffla tout-à-coup sur la plage, apportant des parfums d'amandiers, des plantes aromatiques des côteaux, et de plus loin, ceux des orangers en fleurs. Cette brise fraîche et folâtre irritait le flot tout-à-l'heure si paisible.

De légers flocons d'écume blanche se formaient au loin, semblables à des troupes de cygnes prenant leurs ébats. Enfin les vagues devinrent de plus en plus capricieuses; et comme si elles eussent compris mon indifférence devant leurs mutineries et leurs caresses occultes, elles se fâchèrent tout blanc et ne m'approchèrent plus qu'en grondant ! Je remontai sur les rochers pour me mettre à l'abri de ces colères félines. Les barques revinrent, mais cette fois les voiles gonflées, courant au vent, comme des albatros, se réfugier dans le port.

La nuit descendait. Les murmures de la terre et de la mer se confondaient. Ma rêverie avait été banale en apparence; mais j'emportais au fond du cœur un des souvenirs les plus frais de ma vie. Cette heure de contemplation au bord d'un abîme m'avait fait poëte.

LA SÉGA

DANSE NÈGRE

A Auguste Lacaussade.

Sous les bananiers accourez, négresses.
La nuit a jeté ses voiles discrets;
Les brises du soir si pleines d'ivresses
Aux lianes en fleurs disent leurs secrets.
Négresses, dansez la danse commune,
Enlacez vos bras, vos bras gracieux,
Vous verrez briller pour vous dans les cieux
La lune, la lune !

Le flambeau brillant dans l'ombre étincelle.
Les Noirs ont porté le tam-tam chéri;
Négresses, chantez une ritournelle,
Chœurs joyeux, chantez le chant favori !
— C'est samedi soir, la bonne fortune !
Le tafia ruisselle aussi doux que miel;
Esclaves, dansez, pour vous brille au ciel
La lune, la lune !

Le maître est parti, la case s'amuse.
On a travaillé six jours dans les champs;
Au soleil de feu bientôt le corps s'use;
Négresses, chantez les refrains touchants.
Aux *bobres* répond l'écho de la dune,
La ronde enivrée ondule et frémit...
Mais le jour paraît et là-haut blémit
La lune, la lune !

La ronde a cessé, la ronde folâtre;
Ils dorment couchés, ivres, enlacés,
Quarteronne et Noir, Métisse et Mulâtre,
Les pagnes perdus, les bouquets froissés.
Mais la cloche appelle et les importune,
La messe au quartier sonne, il faut partir...
Adieu la *Séga* qu'a vu s'endormir
La lune, la lune!

ELLE

Ses grands yeux bleus d'enchanteresse,
Ses grands yeux où le feu couvait
Emplissaient mon âme d'ivresse
Quand mon âme d'*Elle* rêvait.

Sa voix douce et persuasive
Que j'entends encore en mon cœur,
Était tendre, émue et pensive,
Mais l'accent en était vainqueur !

Ses lèvres toujours purpurines
Comme des fraises du printemps,
Tantôt rêveuses ou mutines,
Buvaient à longs traits mes vingt ans

Quand nos deux corps soûlés et souples
Et nos bras jaloux enlacés,
Comme jadis les divins couples,
Confondaient regards et baisers !

Ses dents de perle si rieuses,
Qui mordaient si bien dans mes chairs,
Regardaient toutes curieuses
Dans un de ses sourires clairs,

Ses cheveux longs, d'un blond suave,
Soyeux et pleins de volupté,
Auraient certes fait un esclave
De l'homme le plus indompté.

Roulant sur ses épaules blanches
En petits flots désordonnés,
Capricieuses avalanches,
On les eût dit illuminés !

Il leur manquait des lucioles
Ou des *Cocuyos* du Pérou
Pour éclairer leurs vagues folles
Et dessiner l'orbe du cou.

Quand ses bras m'étouffaient d'ivresse,
Sa poitrine se soulevait;
Je sentais courir la caresse
Le long de son corps. — *Elle* avait

La morbidesse des créoles
Et l'ardeur des femmes de feu,
Quand à ses brûlantes paroles
Se joignait son long regard bleu.

Son corps de reine ou de sultane,
Sculpté, moulé comme les corps
Pareils au marbre diaphane,
M'inspirait de fougueux transports...

Sa démarche lente et pensive,
Semblable à celle des *Nautchnis*,
Était réservée et lascive
Jusqu'au moment où réunis

Dans les plus molles attitudes,
Nos lèvres et nos cœurs enfin
Eussent eu les béatitudes
Et de l'homme et du séraphin !

MALANG

ÉLÉGIE MALAYE

A Alfred des Essarts.

— Un grand *praou* bâti de nacre et d'ébène
Emporte Wéga loin des bords aimés...
A-t-elle pleuré ? J'avais tant de peine,
Que j'ai détourné mes yeux alarmés...

Où va donc ce *praou* si beau sous ses voiles
Blanches qu'on dirait un oiseau du ciel ?
Va-t-il au pays des belles étoiles,
A l'Ile enchantée où l'on boit du miel ?

Va-t-il au rivage où la mer déferle
Sur des diamants et du sable d'or,
Dans cette contrée où rubis et perle
Sont encore plus riches qu'à Timor ?

Y voit-on un ciel vermeil sans nuages,
Des fruits parfumés et de frais ruisseaux,
Des bois toujours verts, d'éternels ombrages
Tout emplis d'encens et de chants d'oiseaux ?...—

— Il neige au pays où Wéga s'envole ;
Le ciel brumeux est chargé de frimas ;
Le pauvre exilé pleure et s'y désole
En songeant au ciel pur de nos climats.

De novembre à mai les forêts sont nues,
Leurs feuilles au vent roulent sous les pas ;
Nos divines fleurs y sont inconnues
Et nos fruits vermeils n'y mûrissent pas...—

Il pleura, levant le poing vers la plage,
Il baisa sa mère au front, et s'enfut.
La lune brillait, et sous le feuillage
Un Bulbul suave accordait son luth.

Il prit le sentier vert, l'âme songeuse,
Jusqu'aux bords où les flots semblaient neiger.
Il sourit, voyant la mer orageuse ;
Puis il démarra son canot léger.

Il partit. La mer l'engloutit. La vague
Rejeta son corps du gouffre émergé.
A son doigt était restée une bague
Gage d'un amour aussi naufragé.

Sa mère en pleurant reçut sa dépouille
Et la déposa dans la fosse auprès
Des fleurs et des nids où l'oiseau gazouille,
Des lianes et des papillons pourprés.

Tandis que Wéga, dans les bals splendides,
A Paris, sous son riche domino,
Traînant après soi des amants candides,
Courait de Mabille à Valentino.

DANS LE BOIS

Ils étaient dans le bois ombreux, dans le bois vierge.
Mille lianes en fleurs sur leurs fronts s'enlaçaient;
Les bambous longs et verts, comme un rideau de serge,
Aux souffles légers frémissaient.

Les colibris au bec d'aiguille, aux ailes fines,
Faisaient trembler la feuille assoupie au soleil;
Et le ruisseau d'argent aux larmes cristallines
Courait en filets blancs vers un bassin vermeil.

Elle, l'enfant suave aux yeux noirs et candides,
Les pieds nus, les bras nus, les seins nus, les cheveux
Capricieusement, mais en boucles timides
Tombant sur son épaule aux contours gracieux,

Serrait un médaillon dans sa main frissonnante,
Et l'autre abandonnée à son amant heureux,
Noyait son long regard dans l'ardeur enivrante
Du regard de son amoureux.

Lui, le jeune créole au beau torse robuste,
Un sourire éclairant son visage d'Amour,
Ses cheveux blonds baisant les courbes de son buste,
Semblait le dieu rêvé de ce divin séjour.

Le col de sa chemise ouvert, et la poitrine
Rose des doux frissons dont palpitait son cœur,
D'une main il pressait son épaule divine
El leurs grands yeux parlaient la langue du bonheur.

Ils étaient dans le bois sauvage et sans mystère,
Auprès des oiseaux bleus, auprès des bengalis,
Dans un de ces Edens de l'île solitaire
Réservée aux amants jolis.

Ils oubliaient la sieste et les feux du Tropique.
— Les lotus s'endormaient sur les bords du bassin,
Et sous les hauts palmiers sommeillait le moustique.
— *Lui* cueillait un bouquet de roses pour son sein.

Elle, un pied à moitié plongé dans l'eau bleuâtre,
Gravait le nom de *Paul* sur un pétale bleu,
Et Paul, tout essoufflé de sa course folâtre,
Donnait à *Virginie* un long baiser de feu...

MÉTEMPSYCOSE

A Isidore Vidal.

Tombez, lianes, tombez, déroulez-vous, ô lianes !
Et laissez sur nos fronts de vos fleurs diaphanes
Pleuvoir les suaves senteurs.
Le parfum parle à l'âme, et l'âme parle aux fleurs
Le langage du cœur incompris des profanes.

Divinités des bois vierges des pas humains,
Vous qui vivez d'azur parmi les blancs jasmins
Et les tremblantes orchidées,
Egarez-nous en vos mystérieux chemins
Dans l'oubli consolant des jours et des idées.

Vivre au milieu de vous dans la sérénité
Du bonheur pur et calme et de la liberté,
C'est vivre dans un meilleur monde,
C'est mourir à la vie avec sécurité
Pour revivre parmi vous dans la paix profonde.

Si nos jours ne vont pas s'engloutir par débris,
Que mon âme renaisse, ô dieux des colibris,
Comme ces douces créatures.
Je saurai me construire un nid sous vos abris
Pour dormir du sommeil calme des âmes pures.

Noyé dans les rayons de vos cieux azurés,
Mes désirs à mes pas n'étant plus mesurés,
  A moi l'empire de l'espace,
A moi les brouillards bleus des grands pics torturés,
A moi le vide immense où le vol libre passe . . .

Mais si jamais l'oiseau de proie au regard vif
Dans ses serres de fer, hélas ! me tient captif,
  O dieux des bois, que deviendrai-je ?
De ce bonheur parfait qui me rend tout pensif
N'auriez-vous donc pas non plus le privilège ?..

PARESSE

Il était 6 heures, et cependant je restai encore au lit malgré un projet d'excursion matinale. Je ne pus vaincre l'engourdissement qui s'était emparé de moi... Ces somnolences sont délicieuses, mais un peu trop fréquentes. J'éprouve une certaine volupté à demeurer couché, dans une immobilité qui laisse errer ma pensée folichonne, sans que ma volonté puisse la fixer quelque part.

La porte de ma chambre étant entr'ouverte, mes regards allèrent *flirter* dans le salon : La pendule attira mon attention; son tic-tac bref et monotone me plongea dans un monde de réflexions fugitives; les merveilles de l'horlogerie me remplirent d'admiration. Fatigué de contempler le même objet, mes regards se portèrent sur un coffret de parfums. Je fus alors au milieu des senteurs de l'Orient, des essences de fleurs rares... Je respirai avec recueillement les atômes de ces senteurs. Les yeux fermés, je voyageai en Asie, le pays des roses et des Odalisques; je rêvai dans ces palais féeriques, dans ces paradis d'oiseaux bleus et de femmes au beau corps, qui ne se doutent seulement pas de leur bonheur !

Cette dernière pensée menaçant de dégénérer en mélancolie, je n'eus qu'à r'ouvrir les yeux pour la chasser.

Une glace superbe, mais non de Venise, placée en face de moi me présenta alors une tête : c'était la mienne. De la glace, mes yeux allèrent au canapé dont le velours rouge a des reflets d'aurore, au guéridon de palissandre sur lequel un vase de Chine vert et or laissait retomber des jasmins et des roses du Bengale ; à une table de toilette chargée de flacons ciselés; au piano Pleyel dormant sous sa housse rose; à la jardinière verdoyante, aux aquarelles, aux portraits voilés de demi-teintes, aux longs rideaux transparents...

Las, mes yeux se refermèrent; ma pensée en profita pour reprendre ses pérégrinations idéales. Quand je m'éveillai, le timbre de la pendule m'apprit l'heure du déjeuner. Je me levai dispos, et pourtant j'avais fait une longue excursion dans l'île des rêves bleus...

PERPIGNAN. — TYPOGRAPHIE DE L'INDÉPENDANT, RUE FABRIQUES NABOT, 3.

www.ingramcontent.com/pod-product-compliance
Ingram Content Group UK Ltd.
Pitfield, Milton Keynes, MK11 3LW, UK
UKHW020420220726
13923UKWH00005B/2075